EL PASEO
DE ROSIE

EL PASEO DE ROSIE

por Pat Hutchins
traducido por Alma Flor Ada

ALADDIN PAPERBACKS • LIBROS COLIBRÍ

First Aladdin Paperbacks/Libros Colibrí edition April 1997
Copyright © Patricia Hutchins 1968
Spanish translation copyright © 1997 by Simon & Schuster Children's Publishing Division

Aladdin Paperbacks/Libros Colibrí
An imprint of Simon & Schuster
Children's Publishing Division
1230 Avenue of the Americas
New York, NY 10020

14 16 18 20 19 17 15

Library of Congress Cataloging-in-Publication Data
Hutchins, Pat, 1942–
[Rosie's walk. Spanish]
El paseo de Rosie / por Pat Hutchins ; traducido por Alma Flor Ada. — 1st Aladdin
Paperbacks / Libros Colibrí ed.
p.   cm.
Summary: Although unaware that a fox is after her as she takes a walk around the
farmyard, Rosie the hen still manages to lead him into one accident after another.
ISBN 978-0-689-81317-7 (pbk.)
[1. Chickens—Fiction. 2. Foxes—Fiction. 3. Spanish language materials.] I. Ada, Alma
Flor. II. Title.
[PZ73.H88 1977]
[E]—dc20   96-31906
CIP   AC
0416 SCP

Para
Wendy
y
Stephen

La gallina Rosie salió de paseo.

Caminó por el patio

alrededor

de la

laguna

sobre el montón de heno

cerca del molino

a través de la cerca

debajo de las colmenas

y regresó
a tiempo
para
cenar.